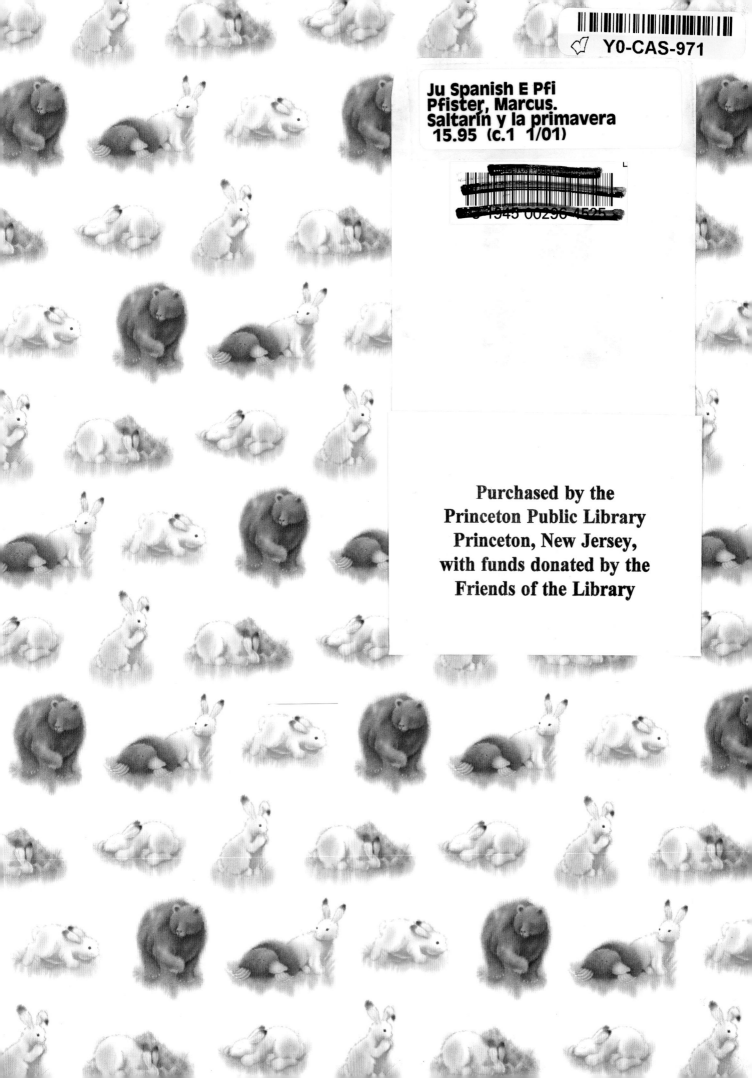

*A mi esposa, Kathrin*

First Spanish language edition published in the United States in 1998
by Ediciones Norte-Sur, an imprint of Nord-Süd Verlag AG, Gossau Zürich, Switzerland.

Copyright © 1992 by Nord Süd Verlag AG.
First published in Switzerland under the title *Hoppel findet einen Freund.*
Translation copyright © 1998 by North-South Books Inc.

Library of Congress Cataloging-in-Publication Data is available.

ISBN 1-55858-876-0 (Spanish paperback)
1 3 5 7 9 PB 10 8 6 4 2
ISBN 1-55858-877-9 (Spanish hardcover)
1 3 5 7 9 TB 10 8 6 4 2

Printed in Belgium

Si desea más información sobre este libro o sobre otras publicaciones de Ediciones Norte-Sur,
visite nuestra página en el World Wide Web: http://www.northsouth.com

# Saltarín
# y la primavera

## Marcus Pfister

Traducido por Alis Alejandro

Ediciones Norte-Sur / New York

—¡Despierta, Saltarín! —dijo su mamá—. La nieve ya empezó a derretirse. Está por llegar la primavera.

—¡Qué bien! —dijo Saltarín entusiasmado—. ¡Alguien con quien jugar! Iré a buscarla ya mismo.

Pero antes de que su mamá pudiera explicarle que la primavera no era ningún animal, Saltarín ya se había alejado, saltando sobre la delgada capa de nieve que cubría el prado.

La nieve ya había empezado a derretirse, y hasta era posible ver algunas hojas de hierba que querían alcanzar la luz del sol. En un pequeño montón de tierra donde la nieve se había derretido por completo, Saltarín descubrió un hueco.

—¡Hola! ¿Hay alguien aquí? —llamó en voz alta.

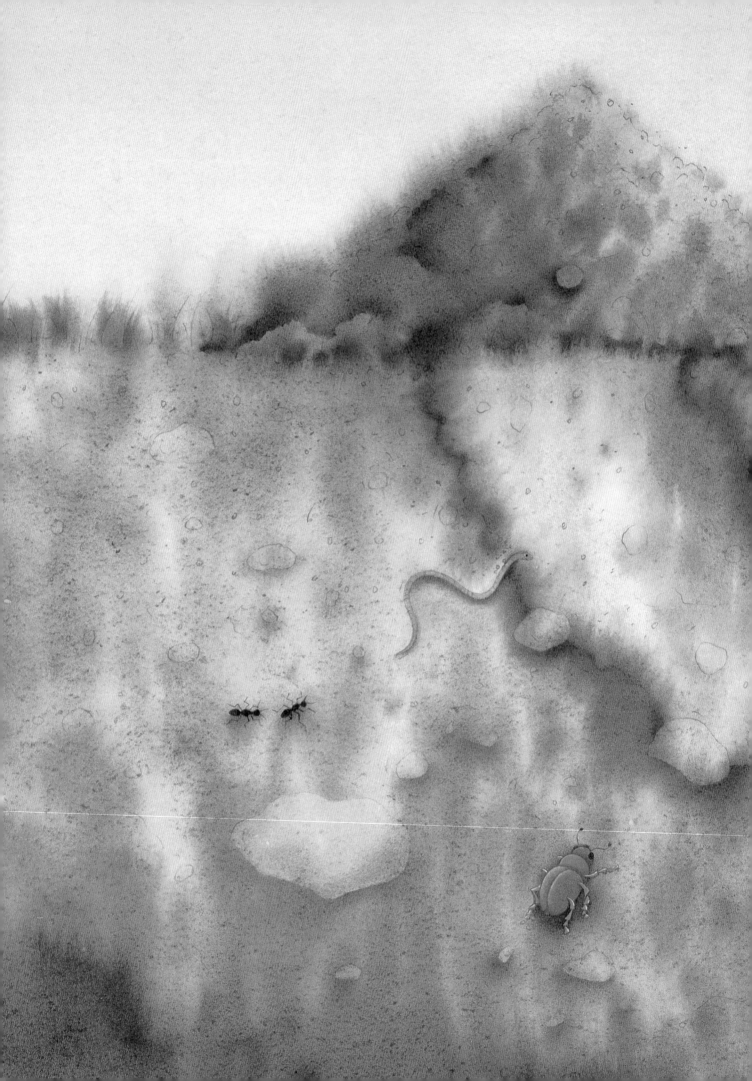

"Quizás la primavera viva aquí", pensó Saltarín mientras se metía por el hueco. Saltarín descendió por el oscuro túnel, deslizándose lentamente. Allí, la oscuridad era total; Saltarín no podía ver nada. De repente se tropezó con algo blando.

—Hola —dijo Saltarín—. Tú debes ser la primavera. ¿Qué estás haciendo en este túnel?

—¿Yo, la primavera? —contestó una voz—. No. Yo soy un topo y ésta es mi madriguera. ¿Y qué haces tú aquí?

—Estoy buscando a la primavera.

—No sé dónde vive la primavera —dijo el topo mientras salían a la superficie—, pero supongo que tendrá una casa más grande que la mía. ¿Por qué no miras en la cueva que hay al otro lado del bosque?

—Adiós, topo. Gracias por tu ayuda —dijo Saltarín, alejándose a los brincos.

Saltarín no tardó mucho en encontrar la cueva. Al llegar allí, miró nerviosamente hacia el interior y vio que casi al fondo había algo muy grande y de color marrón.

—¡Despierta, primavera! Soy yo, Saltarín. Mamá y yo te estamos esperando.

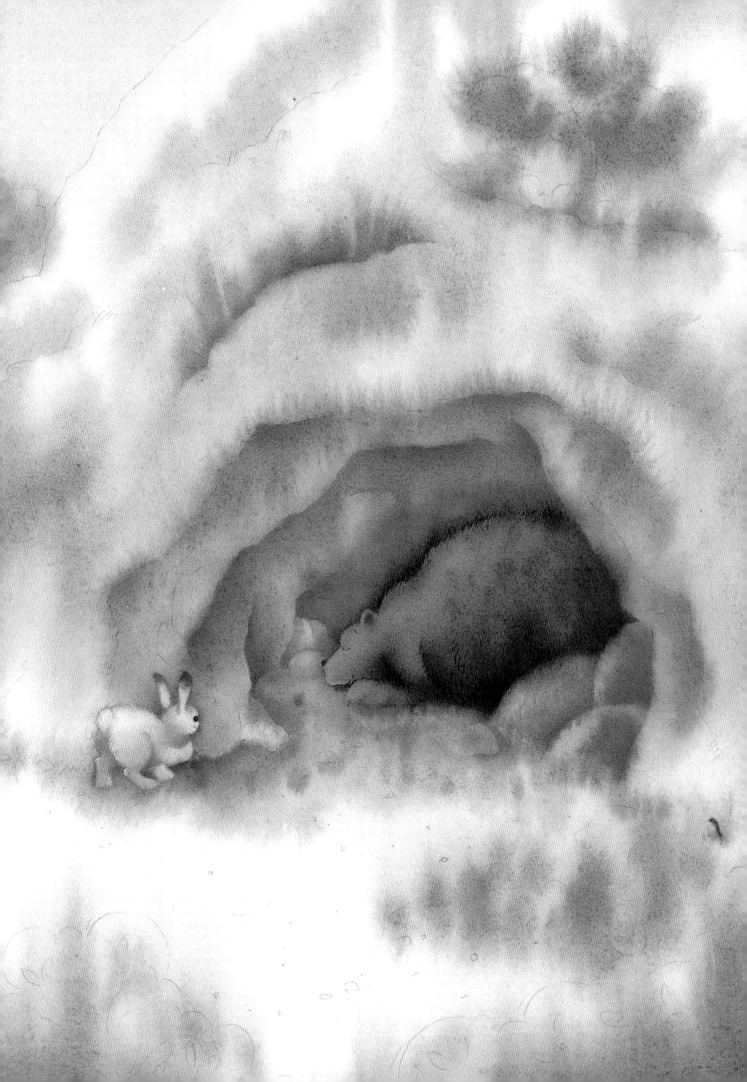

—¿Y por qué tengo que despertarme? —gruñó una voz—.
¿Acaso ya terminó el invierno? De todos modos, yo no soy la
primavera, amiguito.

—¿No?

—No. Yo soy un oso.

—¿Y por qué estás durmiendo en esta cueva? —preguntó
Saltarín.

—Yo siempre duermo aquí en invierno. Cuando comienza a
nevar, me echo a dormir y no me despierto hasta que llega la
primavera.

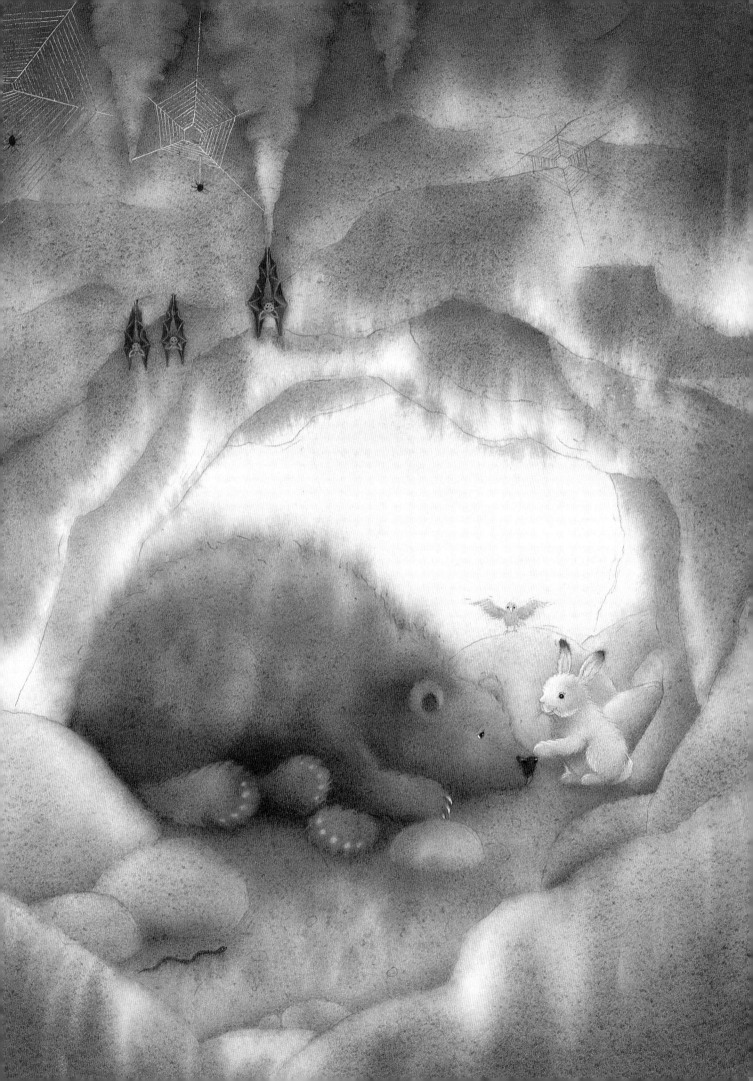

Luego de pensar un poco, Saltarín dijo:

—Mi mamá dice que hoy viene la primavera. ¿Sabes dónde vive? Me gustaría ir a recibirla.

El oso se acercó perezosamente a la entrada de la cueva y olfateó el aire.

—Tienes razón —dijo el oso—. La primavera se huele en el aire. Y si no me equivoco, creo que el olor viene de lo alto de aquel árbol. Quizás la primavera viva allí.

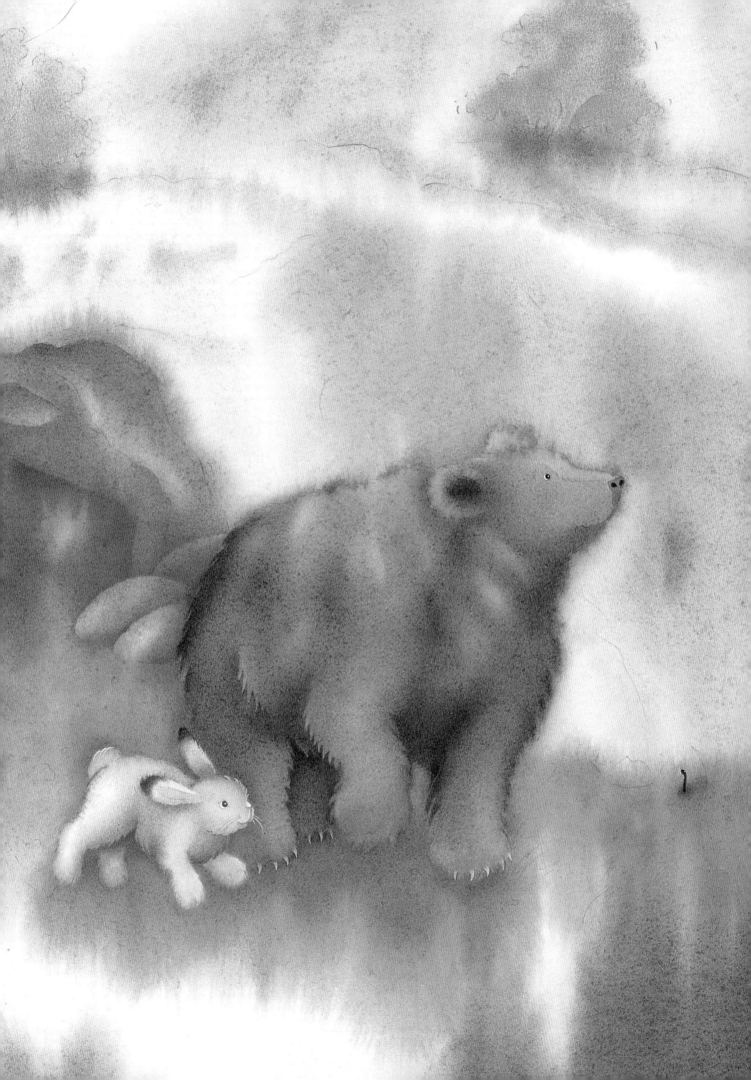

Los dos corrieron hasta el árbol.

—Espérame aquí que yo iré a mirar —dijo el oso.

El oso se trepó ágilmente por las ramas y metió una pata en el hueco del tronco.

—¡Miel! —anunció, relamiéndose los labios—. Es el desayuno perfecto. Después de tanto dormir, uno se despierta con mucha hambre. Pero, lamentablemente, me parece que la primavera no vive aquí.

Cuando el oso bajó del árbol, Saltarín también empezó a sentir hambre. Los dos amigos se sentaron y se pusieron a lamer la deliciosa miel que traía el oso en la pata.

—Creo que no voy a seguir buscando a la primavera —dijo Saltarín dando un suspiro—. Estoy muy cansado. Lo mejor será esperar a que venga por su cuenta.

—Déjame llevarte a casa —dijo el oso amablemente—. Tengo ganas de estirar un poco las patas; las tengo duras por haber dormido todo el invierno. Vamos, amiguito, ¡súbete a mi espalda y ponte cómodo!

Ya era casi de noche cuando los dos llegaron a casa de Saltarín.

—¡Por fin has vuelto! —dijo la mamá de Saltarín—. Estaba empezando a preocuparme.

—No encontré a la primavera, mamá. No estaba en la madriguera del topo ni en la cueva del oso ni en el hueco del árbol. No sé dónde estará escondida.

—Pero, Saltarín, no es posible encontrar a la primavera —dijo la mamá cariñosamente—. La primavera no es un animal. Es la época del año cuando el aire es más cálido, la nieve se derrite y las plantas empiezan a florecer.

—¡Ah! —dijo Saltarín desilusionado.

—No es razón para ponerse triste. Mira, has encontrado un nuevo amigo —dijo la mamá.

Entonces Saltarín se acurrucó junto a su mamá y despidió a su amigo el oso, diciéndole:

—Vuelve pronto, así podremos pasar toda la primavera jugando.